MICHEL VASSON

Le Cri du Néant

POÈMES

PARIS

ALPHONSE LEMERRE, ÉDITEUR

23-33, PASSAGE CHOISEUL, 23-33

M DCCCCVIII

Le Cri du Néant

MICHEL VASSON

Le Cri du Néant

POÈMES

PARIS

ALPHONSE LEMERRE, ÉDITEUR

23-33, PASSAGE CHOISEUL, 23-33

M DCCCCVIII

Les Désespoirs

Vers la Vie

Vis, enfant, pour jeter le cri de ta misère
Vers les cieux éternels qui ne l'entendront pas.
Vis, poussière, pour soulever quelque poussière
Sur la route inconnue où se perdront tes pas !

Vis, pour être l'aveugle avide de lumière,
Et pour tendre en de vains efforts tes faibles bras,
Et pour nourrir dans ton grand cœur, comme un ulcère,
Quelque honteux amour que tu mépriseras !

Vieillis, pour expier tout l'opprobre de naître.
Vis, pour sonder à fond le néant de connaître,
Et pour traîner sans fin ta honte et ton remord.

Vis, pour river la chaîne à ton âme asservie.
Vis, ô débile enfant, pour détester la vie.
Vis, ô faible enfant, pour trembler devant la mort !

La Mort de Caïn

I

Enfants, en qui vivront ma haine et mon orgueil,
Éloignez-vous un peu de ma funèbre couche.
Je me sens lâche quand votre geste me touche.
L'ancêtre veut dormir. Préparez son linceul !

O mes filles, calmez votre inutile deuil.
Relevez vos cheveux épars sur votre bouche.
Laissez entrer, ô fils muets au cœur farouche,
L'ange noir écoutant sur la pierre du seuil !

Entre, Azraël. Caïn, le vieux tigre, t'appelle !
Je serai jusqu'au bout l'indomptable rebelle,
Et je porterai haut la tache de mon front.

Je ne faiblirai pas devant l'heure suprême.
Caïn sera toujours Caïn, et la mort même
Tremblera, quand mes yeux calmes la fixeront.

II

Laissez mourir l'aïeul qui souffre. Je suis las
De retourner sous le ciel noir les glèbes rudes,
Et de traîner l'horreur de mes décrépitudes
Par nos chemins fangeux où trébuchent mes pas.

Quand vous travaillerez à vos sombres repas,
O vers, compagnons des suprêmes solitudes,
Effacez pour jamais, en vos sollicitudes,
Les stigmates sanglants qui souillent mes vieux bras!

Enfer, tu peux fermer sur moi ta gueule d'ombre !
L'enfer èst moins tragique et la nuit est moins sombre
Que mon cœur qu'une angoisse invincible remplit.

Que le vide se fasse en ma tête puissante ;
Que la terre mange mes os, et que je sente
S'accumuler sur moi des montagnes d'oubli !

III

Impitoyable ciel, implacable nature,
Qui faisiez naître, hier, et qui tuerez, demain,
Notre sang répandu te grise comme un vin,
Création qui dévores la créature !

Mais tous les pleurs versés dans les soirs de torture
Fermenteront un jour comme un âpre levain.
O cieux, terribles cieux, vous croulerez enfin
Sous l'effort tout-puissant de ma race future !

O terre, toi qui fais du plus noir de tes fanges
Monter pour nous le suc de tes poisons étranges,
Nous forcerons un jour tes édens interdits !

O ciel, nous secouerons un jour nos lourdes chaînes,
Et, devant l'assaut formidable de nos haines,
Tes élus trembleront au fond des paradis !

IV

Tu peux venir, Nazaréen, fils de Marie,
O Christ aux longs cheveux dorés comme le jour !
Tu peux venir, semant l'espérance et l'amour
Sur les fronts inclinés de la foule qui prie.

Tu peux tomber vingt fois sous ton gibet trop lourd,
Et mêler la douleur de ton âme meurtrie
Aux affres de ta chair insultée et flétrie,
O colombe qui crois désarmer le vautour !

Tu peux boire la lie infâme du calice !
Tu ne laveras pas, des pleurs de ton supplice,
Le signe noir que porte au front l'humanité.

Quand tu rentreras dans la gloire paternelle,
Le monde reprendra sa souffrance éternelle.
Ton sang divin, ô Christ, n'aura rien racheté.

V

Je vous vois. Je vous vois, vous qui naîtrez de nous,
Parmi les profondeurs du temps et de l'espace,
O chair de notre chair, race de notre race,
O fils dégénérés aux yeux humbles et doux !

La ruse a remplacé notre sublime audace,
Et les petits du tigre ont engendré des loups.
La prière et la peur ont arqué vos genoux,
Et votre abjection se lit sur votre face.

Trop lâches pour haïr, trop faibles pour aimer,
Vos cœurs déchus ne savent pas se relever,
Et vos reins sont ployés à tous les esclavages.

Et nous vous renierons, du fond de nos cercueils,
O fruits humiliants de nos vastes orgueils,
Infimes rejetons de nos amours sauvages!

VI

Ne parlez pas d'amour et de fraternité ;
N'ajoutez pas à tant d'opprobres le mensonge.
La bonté n'est qu'un leurre et l'amour n'est qu'un songe.
Hommes, votre douceur n'est qu'une lâcheté !

La justice, le droit, la paix, la liberté :
Vaines illusions que la crainte prolonge...
Aussi loin que mon œil infatigable plonge,
Je ne vois que le mal et que l'iniquité.

Puisque le sang d'un Dieu n'a pu sauver le monde,
Rien ne saurait guérir ta misère profonde,
Cœur de l'homme, plus froid et plus dur que l'airain.

O vieux cœur qu'un mirage impossible fascine,
Tu ne chasseras pas ta lointaine origine.
Le sang qui te remplit est celui de Caïn.

Au vieux Paysan

Ne pense pas aux morts qui gisent sous la terre
Et dont ta main parfois disperse les vieux os,
Et que le fol espoir d'un suprême repos
Ne te détourne pas de ton labeur austère.

Ignorant le secret de l'éternel mystère,
Ne jette pas au ciel immuablement clos
Le lâche bruit de tes cris et de tes sanglots.
Que ton cœur garde en lui l'âpre orgueil de se taire.

Sans implorer les dieux et sans les blasphémer,
Devant l'aube qui naît, devant la nuit qui tombe,
Penche ton front têtu qui ne sait pas rêver.

Bêche le rude sol qui deviendra ta tombe,
Et sème sans amour et cueille sans remords
Ton blé noir engraissé par la cendre des morts.

Les Bœufs

La chaîne de métal s'est polie à vos cous,
O bœufs puissants, ô bœufs pensifs au cœur farouche,
Impassibles sous les injures et les coups.
Quelque rustre brutal et stupide à l'œil louche
A dompté votre force et maté vos courroux.

O bœufs, sous l'aiguillon féroce qui vous touche,
Vous allez lentement, monotones et doux,
Sans voir les horizons qui passent devant vous,
Et, seul, le vol imperceptible d'une mouche
Fait courir des frissons sur vos pelages roux.

Buvez à votre soif, mangez à votre faim,
Sans regretter hier, sans attendre demain ;
Vous ignorez l'amertume de notre pain,

O grands bœufs attachés aux chaînes des étables !

Pour dormir, seulement, vous ployez les genoux,
O frères plus hautains et moins lâches que nous,
Et vous ne sentez pas, en vivant sous les jougs,

La honte de servir et d'être misérables.

Caducité

I

LA VIEILLE FEMME

O pauvresse, les branches sèches que tu portes
Sont bien lourdes, et tes maigres bras sont bien vieux.
Octogénaire aux yeux éteints, les feuilles mortes
Sont moins mortes que les prunelles de tes yeux.

Lorsque tu vas quêtant ton pain devant les portes,
Par les soirs gris de nos automnes pluvieux,
Un frisson fait trembler tout ton corps anxieux,
Ton corps plus noueux que le bois des branches tortes.

La rude glèbe où si longtemps tu t'es courbée,
Pauvresse lamentable, infirme, déformée,
A déteint sa couleur sauvage sur ton front;

Et, chaque jour, plus frêle et plus lasse, tu penches
Ton vieux corps plus ridé que le bois mort des branches,
Vers la terre dont les baisers te mangeront.

II

LE VIEIL ARBRE

O lutteur vénérable et tranquille, ô vieil orme,
Donne un peu d'ombre à la pauvresse aux cheveux blancs.
Chaque heure fait ses pas plus faibles et plus lents
Et dépouille d'une branche ta tête énorme.

Trois siècles pèsent sur ta carcasse difforme;
Un monde infime emplit le vide de tes flancs.
Quand l'aïeule viendra sous tes rameaux tremblants,
Fais-les bruire longuement pour qu'elle dorme.

Vieil arbre, un coup de vent te brisera demain.
Demain, femme, tu tomberas sur le chemin.
Le même sort attend votre détresse amie...

Connaîtrez-vous jamais l'immuable repos,
Poussière des vieux troncs, poussière des vieux os,
Cendre des morts, cendre des morts, d'où naît la vie !

L'Affût des Ramiers

I

L es ramiers tout le jour ont couru les espaces,
Sans voir les horizons épars au-dessous d'eux,
Allant on ne sait où de leur vol hasardeux ;
Mais la nuit va tomber, et leurs ailes sont lasses.

Sur la forêt qui dort dans les braises du soir
Ils se sont abattus, pareils à des nuées ;
Leurs prunelles par tant d'azur exténuées,
Ils se sont engouffrés dans le feuillage noir.

Soudain, dans la torpeur du couchant écarlate,
Un coup de feu, troublant le grand silence, éclate;
Un oiseau tombe mort, taché de sang vermeil.

Et d'autres coups de feu se succèdent sans trêve
Dans la haute forêt pleine d'ombre et de rêve
Où s'enfonce le disque énorme du soleil.

II

Dormez, vous qu'épargna ce soir la destinée ;
Oiseaux lassés, dormez sans penser à vos morts.
Demain vous reprendrez, plus hardis et plus forts,
Votre route incertaine et jamais terminée.

Et demain, las encor, vers le déclin du jour,
Sur d'autres bois tout pleins de sanglantes surprises,
Vous cacherez dans les branches vos ailes grises,
Puis, quelque soir, vous tomberez à votre tour.

Dans les rameaux mouvants pareils à des mâtures,
Endormez-vous, coureurs des folles aventures,
Veillés par les yeux d'or des étoiles en feu.

Et, sans que nul émoi hante vos frêles sommes,
Savourez longuement la grande paix de Dieu
Que troublera demain la cruauté des hommes !

III

O chasseur qui t'en vas, les mains rouges de sang,
Vers la plaine que couvre une sournoise brume,
Regarde au loin, sur ta maison dont le toit fume,
La nuit, la nuit mélancolique qui descend.

Entends les chiens errants hurler dans les ténèbres
Et les oiseaux de nuit appeler à la mort.
Hâte-toi. Tu te sens mordu par un remord.
Tes yeux se sont emplis de visions funèbres.

3.

Du malheur rôde autour de toi. Rentre bien vite
Dans ta maison dont l'ombre accueillante t'invite;
Enferme-toi farouchement jusqu'au matin.

Comme ces ramiers morts que ta main rouge emporte,
Tu tomberas demain sur le seuil de ta porte,
O passager d'un soir que guette le Destin !

IV

Victimes et bourreaux, dormez. Voici la trêve.
Seul, dans la vaste nuit, veille le grand chasseur.
Le ciel laisse tomber une immense douceur.
C'est l'heure de l'amour et c'est l'heure du rêve.

C'est l'heure du rêve où se retrempe l'effort,
Et, dans l'affolement de notre lutte impie,
C'est l'heure de l'amour qui fait naître la vie
Pour repeupler les champs dévastés par la mort.

Dormez, victimes et bourreaux, hommes et bêtes.
Oubliez un moment vos sanglantes défaites.
Hier fut lâche et dur. Demain sera pareil.

Mais sur tout ce qui souffre et sur tout ce qui pleure,
La nuit aura passé. Reposez jusqu'à l'heure
Où montera le disque exécré du soleil !

V

Tu tomberas un jour dans la nuit éternelle,
O Soleil, vieux vautour qui s'obstine à planer.
Dans combien de couchants nous t'avons vu saigner,
Oiseau lourd entraîné par le poids de ton aile !

Un chasseur monstrueux te blesse chaque soir,
Mais une nuit suffit pour fermer ta blessure,
Et tu reprends chaque matin ta route sûre.
Un jour, tu resteras figé dans ton sang noir.

O Soleil, toi qui vis notre angoisse infinie,
Tu mourras, entraînant dans ta froide agonie
La Terre désormais sans force et sans chaleur.

Et l'Oubli régnera sur ce désert immense
Où ne montera plus aucun cri d'espérance,
Où ne montera plus aucun cri de douleur !

Romagnat, novembre 1907.

Aux Nuages

I

Montez, entassez-vous au fond des soirs vermeils,
O nuages guettés par les ombres perfides ;
Haussez-vous follement comme des pyramides
Pour les ardentes funérailles des soleils.

Cinglez, voguez, sombrez, pacifiques galères,
O nuages, divins rôdeurs des horizons,
Sans entendre les cris d'amour et les colères
Des hommes attachés à leurs noires maisons !

Vous êtes ce qui fuit, nous sommes ce qui passe,
O nuages toujours en route dans l'espace,
Votre splendeur est vide et notre orgueil est vain !

Toujours quelque courant imprévu nous entraîne
Aux tourbillons d'une débâcle souveraine,
Et nos gloires d'un jour n'ont pas de lendemain.

II

Arrêtez-vous, divins nuages qui passez,
Flotte heureuse glissant vers des grèves lointaines.
Portez-nous l'infini sur vos poupes hautaines,
Vaisseaux d'or lourds de tant de rêves amassés!

Vous savez le prix de mourir et de renaître,
O vous que fait surgir et qu'emporte le vent;
Vous promenez sans fin par le ciel décevant
La douceur d'oublier et l'orgueil de connaître!

Nos yeux tristes se sont fermés, pour ne plus voir,
Beaux nuages gonflés par des brises d'espoir,
L'essor puissant de vos voilures vagabondes.

O nuages dorés par les soirsco ruscants,
Nous pleurons de sentir rivés à des carcans
Nos grands cœurs anxieux de découvrir des mondes !

Le vieux Corbeau

I

ÉCOUTE, vieux corbeau blanchi par tant d'années,
Siffler au loin les voix féroces de l'hiver.
Tes poumons sont d'airain et ton bec est de fer;
Quel vent pourrait briser tes ailes décharnées?

O lutteur isolé, mélancolique et fier,
Que peuvent sur toi les tempêtes déchaînées?
Les averses et les bises désordonnées
Chaque jour font plus rude encor ta rude chair.

Gardien mystérieux des grandes plaines blanches,
Corbeau, tu sièges sur la plus haute des branches
D'un chêne formidable et torve aux mille bras;

Et, par les jours brumeux et les nuits pleines d'astres,
Tu dardes sans faiblir sur nos vagues désastres
Tes yeux de cuivre roux qui ne s'étonnent pas.

II

Tes yeux ont vu naître et mourir bien des soleils;
Ton aile a traversé le ciel, ô centenaire !
L'âpre lutte qui nous brise te régénère,
Et tu nargues l'ennui morne des jours pareils.

Tes ongles englués par des caillots vermeils,
Quand tu montes, le soir, au fumier de ton aire,
Tu dors superbement, comme un roi débonnaire,
Et nul remords jamais ne hante tes sommeils.

4.

O mangeur sans dégoûts, écumeur des espaces,
Vieux corbeau, des hauteurs sublimes où tu passes,
La terre t'apparaît comme un charnier béant.

Le monde est bien petit devant ta faim profonde,
Et ton bec tout-puissant a labouré le monde,
Sombre oiseau, pourvoyeur tranquille du néant!

Aux Rochers

I

Immuables gardiens des vastes horizons,
Hautains comme des dieux, sereins comme des sages,
Vous regardez, parmi les mouvants paysages,
Les hommes s'agiter dans leurs frêles maisons.

Les caresses ou les insultes des saisons
N'altèrent pas la paix de vos graves visages.
Jalons échelonnés sur la route des âges,
O rochers, vous restez debout quand nous passons !

Vous avez vu passer, comme coulent les fleuves,
Les soirs éteints chassés par les aurores neuves ;
Vous avez vu prier, souffrir, haïr, aimer ;

Vous avez vu le fer des luisantes cognées
Ouvrir dans les vieux troncs de profondes saignées,
Et les hommes mourir, et les chênes tomber.

II

O fiers rochers, géants tranquilles que harcèle
L'impitoyable et fol assaut des éléments,
Vous que minent les eaux et que cinglent les vents,
Insensibles parmi l'angoisse universelle.

Quelle âme impénétrable et profonde recèle,
O noirs repaires des aigles et des serpents,
Votre granit aux éternels recueillements?
Quelle force à la terre ancestrale vous scelle?

O rochers, contempteurs sublimes de la vie,
Mon misérable cœur vous plaint et vous envie;
Votre immobilité m'exalte et me fait peur.

Car, vous que n'émeut pas le vertige du gouffre,
Vous ignorez l'orgueil divin de ce qui souffre,
O rocs, et le divin frisson de ce qui meurt.

Alma parens

Reste insensible à nos tristesses éphémères,
O Nature, témoin de nos âpres combats.
Verse indifféremment de tes multiples bras
Le miel de l'abeille et le venin des vipères !

Tes mamelles n'ont plus que des gouttes amères ;
L'oreiller de tes seins est rude à nos fronts las,
Et nous doutons parfois, ô première des mères,
De ton cœur maternel qui ne console pas !

O divins éléments, chantez l'hymne implacable !
Insensibles à tant d'horreur qui nous accable,
Noyez de vos grands bruits nos petites douleurs !

Sois rude, ô Terre ! ô Ciel, fais naître tes orages !
Couvrez sans fin, ô mers, nos tragiques naufrages
De vos flots infinis où se perdent nos pleurs.

Les Vipères

Glissez, enroulez-vous comme des bracelets
Dans les rais d'or dardés sur les pierres brûlantes,
O vipères toujours inquiètes et lentes,
Joyaux mouvants barrés de tragiques reflets.

Buveuses de soleil, ô bêtes extatiques,
Vous tuez froidement, sans haine et sans remord,
Et vous ne savez pas, vous qui donnez la mort,
Le pouvoir tout-puissant de vos yeux magnétiques.

Nos lâches cœurs aussi sont gonflés de poisons.
Pour consommer la basse horreur des trahisons,
Notre haine prudente a des approches sûres.

Notre cœur est une eau terrible qui s'endort...
Mieux que vous, mieux que vous, vipères aux yeux d'or,
Nous savons le secret des mortelles blessures.

La Voix des Ruines

Puisque tu sais, enfant, que toute plainte est vaine,
Et que le morne bruit de tes lâches sanglots
N'est qu'un flot confondu dans l'infini des flots,
Pourquoi crier sans fin ton inutile peine,
Pourquoi crier au ciel, puisque le ciel est clos ?

Puisque tu sais que toute gloire est éphémère
Et que tout doit mourir après avoir été,
Pourquoi laurer d'orgueil ta frêle humanité ?
Enfant débile né d'une débile mère,
Ombre d'un soir, pourquoi rêver d'éternité ?

Pourquoi t'enorgueillir de ton humble pensée,
Puisque, seul, le hasard te conduit par la main,
Et que tu ne vois pas les pierres du chemin...
Que peut sur l'avenir ta science insensée,
Puisque tu ne sais pas ce que sera demain?

Songe que tout finit et que rien ne demeure,
Que le désir n'est qu'un murmure décevant
Pareil au bruit que fait le hochet d'un enfant,
Et que notre souffrance elle-même est un leurre...
Songe que l'oubli va plus vite que le vent.

Ton amour est comme une empreinte sur le sable
Qu'efface le flux monotone de la mer.
Plus grand d'avoir aimé, plus pur d'avoir souffert,
Sans rêver d'autre amour pour ton cœur périssable,
Bâtis d'un souvenir ton ciel et ton enfer!

N'espère rien d'un monde illusoire et stupide;
N'espère rien d'un ciel impossible et trompeur;
Garde ton âme du regret et de la peur;
Et puisque tout est mort, et puisque tout est vide,
Mure-toi dans l'ennui farouche de ton cœur!

Le doigt du Temps couvre de ronces et d'épines
Ce qui fut les débris des antiques autels.
Écoute la leçon austère des ruines,
Et ne te leurre plus d'espérances divines,
Enfant, puisque tes dieux ne sont pas immortels !

Le Temple sous la Mer

O temple, tes parvis sacrés n'ont pas souffert
La ruée implacable et folle des Barbares.
Nul sacrilège n'a souillé tes marbres rares.
Tu dors paisiblement dans le fond de la mer.

Ton fronton porte encor les longues théories
Des héros surhumains et des dieux immortels,
Et tu vois s'enrouler autour de tes autels
Un enchevêtrement de guirlandes fleuries.

Le flot a consolé de ses baisers pieux
Tes dieux dépossédés de l'antique lumière,
Et son murmure est doux ainsi qu'une prière,
Et pour toi ses grands bruits se font silencieux.

O vieux temple caché comme une blonde perle
Sur le sable doré de ton écrin mouvant,
Nul œil n'a pu sonder ton mystère dormant
Sous le bleu linceul de la vague qui déferle.

Que t'importent les vœux des hommes inconstants,
Foule dévote hier, et demain sacrilège.
L'oubli t'a doté du souverain privilège
D'échapper aux assauts de la mort et du temps.

Chaque siècle voit s'effondrer ses derniers cultes.
L'homme fait de ses anciens dieux des dieux nouveaux ;
Et rien n'est éternel, pas même les tombeaux...
Tu ne connaîtras pas les suprêmes insultes !

Tu resteras debout, quand tout sera tombé.
Quand tout sera débris, quand tout sera poussière,
Tu resteras debout, ô chef-d'œuvre de pierre,
Et tel que l'artiste, autrefois, t'avait rêvé.

Et sous les flots verts transparents comme des voiles,
Dans la pâleur éclatante des belles nuits,
Tes dieux, pour endormir leurs sublimes ennuis,
Pourront compter sans fin les grains d'or des étoiles.

Paroles du Chêne

Laches, vous avez fui lorsque je suis tombé,
Victime sans recours d'une sournoise lutte.
Vos cris se sont perdus dans le bruit de ma chute;
J'ai fait trembler d'horreur le bras qui m'a frappé.

O misérables qu'aucun crime ne rebute,
Fils de Caïn, au cœur féroce, au poing crispé,
Votre œil mesure enfin le géant achevé,
Et votre pied chétif sur son cadavre bute.

Vous avez abattu le chêne centenaire
Que n'avaient pu tomber tous les feux du tonnerre,
Mais vous durerez moins, lutteurs irrésolus,

Passants d'un soir marqués pour une fin prochaine,
Que vos cercueils taillés dans le cœur du vieux chêne,
Et je serai toujours, quand vous ne serez plus!

La Mort du Taureau

Ta corne, maintenant, saigne comme une lame.
Insoucieux des dards enfoncés dans ta chair,
Tu t'arrêtes enfin, irréductible et fier,
Ton œil rouge noyé d'une héroïque flamme...
Ta corne a châtié les insultes du fer.

Que t'importent l'émoi de la foule qui clame
Et le trou noir par où s'échappe ton sang clair !
Ton bourreau gît, les yeux vagues, le ventre ouvert,
Parmi des cris d'enfant et des plaintes de femme...
La foule, autour de toi, houle comme une mer.

Tu tombes, tes naseaux sifflent dans la poussière ;
Et tout, la foule immense et le cirque de pierre,
Et les mille rayons de la sainte lumière,

Tout s'efface, reflets dorés, sombres rumeurs...

Et tandis que, traînant ses entrailles fumantes,
Ton bourreau pantelant hurle ses épouvantes,
Seul tranquille, parmi tant de faces démentes,

Muet et grave, ô bête héroïque, tu meurs.

Les Chacals

O nocturnes rôdeurs aux courses vagabondes,
Dont l'aube pâle fait clignoter les yeux roux,
Et qui dormez le jour, dans l'ombre de vos trous,
Quand les soleils font flamboyer les plaines blondes,

Lorsque vos dents claquaient pour vos festins immondes,
Quand la faim hérissait vos poils comme des clous,
O chacals, déterreurs sinistres, dites-nous
Si rien n'a remué dans les fosses profondes.

L'âme sombre des morts revient-elle parfois
Hanter l'accablement de vos rêves stupides ?
Non, les morts sont bien morts, et sur les tombes vides,

Quand montent vers les cieux immenses vos abois,
Le spectacle confus de nos humbles désastres
Ne trouble pas la paix éternelle des astres.

Le dernier Homme

I

Quand la mort fermera son invincible étreinte
Sur ta poitrine où bat le dernier rêve humain,
Voudras-tu l'écarter d'un geste de ta main?
Jetteras-tu vers le ciel noir ta lâche plainte?

Non, tu te livreras à sa caresse sainte,
Sachant que tout, hormis son grand repos, est vain;
Ta chair s'enfoncera dans le sommeil sans fin,
Et n'ayant plus d'espoir tu n'auras pas de crainte.

Sentant sombrer le monde en sa lente agonie,
Ton âme goûtera la douceur infinie
De voir mourir avec elle son souvenir,

O néant qui fus tout, lumière de la fange,
Et qui connus un jour le privilège étrange
De pouvoir espérer et de pouvoir souffrir!

II

Rıen ne sera, quand sera morte ta pensée,
Rien ne sera, quand sera morte ta douleur,
Et le monde taira sa rumeur insensée,
Dernier homme, au dernier battement de ton cœur.

Pourquoi, pourquoi tant d'espérance dépensée,
Tant de gloire, tant de beauté, tant de ferveur...
Nul ne reprendra l'œuvre à peine commencée;
L'oubli demeurera le suprême vainqueur.

6.

Les dieux s'effaceront avec tes derniers rêves,
Tes dieux vains plus nombreux que le sable des grèves,
Les dieux, fils surhumains de ton humanité.

Le monde entier mourra de ta mort, humble atome
Qui portais tout un monde au fond de ton cœur d'homme,
Et qui rêvais pour ton néant l'éternité !

Les Épaves

Ne cherche pas en toi, misérable plongeur,
Les débris enlizés de tes anciens naufrages.
Rien ne désigne tes éphémères passages;
Ne trouble pas la vase immonde de ton cœur.

Tes antiques trésors, qui les retrouverait
Sous le linceul de plomb de cette mer qui monte?
Ce qui fut ta douleur, ton remords et ta honte,
Laisse-le s'endormir dans l'ombre et le secret.

Tu ne sais plus pleurer. Tu ne sais plus sourire.
Tous tes désirs sont morts; tous tes rêves sont clos;
Et cependant ton cœur ignore le repos;

Et, seul, l'âpre néant comme un gouffre t'attire,
Homme que n'émeut plus le mystère où tu vas,
Et qui n'as plus, pour consoler ton long martyre,

L'espérance d'un ciel auquel tu ne crois pas.

La Faim

Dix millions de Chinois meurent de faim.

Les journaux.

O frères, nous rêvons, quand vous criez la faim,
Aux fulgurations des aubes espérées,
Et nos rhéteurs, debout aux tribunes dorées,
Promettent à grands cris le bonheur de demain.

Ils promettent l'amour. Vous demandez du pain.
Vos dents grincent dans vos faces désespérées;
De l'ombre roule en vos prunelles effarées.
Descends pour eux, ô soir qui n'auras pas de fin!

O terre, toi qui vois ces lentes agonies,
Demain, sur le charnier des plaines infinies,
Tu feras flamboyer les étés triomphants.

Qu'importe à ton vieux cœur que tout un peuple tombe..
Ton cœur est assez grand pour lui faire une tombe,
Mère qui ne peux pas nourrir tous tes enfants !

Juin 1907.

L'Épouvantail

I

Les blés ont soulevé le poids des terres grasses,
Et la plaine féconde où pointe le blé vert,
La plaine, lentement, houle comme une mer,
Dans la sérénité puissante des espaces.

Les villages cachés au loin, parmi les branches,
Semblent se recueillir sous l'infini des cieux.
Les fenêtres ont des regards comme des yeux,
Et du bonheur reluit au front des maisons blanches.

Tout est lumière, tout est paix, tout est bonté.
Pourtant, dans la douceur du ciel illimité,
Des oiseaux morts pareils à des loques sordides,

Des oiseaux morts pendus à des bâtons penchants
Balancent parfois leurs cadavres sur les champs,
Marquant d'ombre et d'horreur les horizons splendides.

II

Fuyez, corbeaux ! Les blés ne poussent pas pour vous.
Voyez ces spectres noirs que la brise remue.
Les vers ont évidé leur carcasse qui pue,
Et la pluie a déteint les plumes de leurs cous.

Sous le vent qui cingle et le soleil qui flamboie,
Tandis que les blés verts frissonnent autour d'eux,
Ils pendent, décharnés, lamentables, hideux,
Ridicules, au bout de leur bâton qui ploie.

Fuyez! l'homme vous guette avec ses mains rapaces.
Endormez votre faim du souffle des espaces;
Frères des maigres loups, fuyez, maigres corbeaux!

Loin de la plaine grasse aux sournoises cultures,
Vous aurez les fruits secs des bois pour nourritures,
Et les neiges des hautes cimes pour tombeaux.

III

Mais toi qui fais pour tous, ô terre maternelle,
Pousser les grands blés verts sur les plaines sans fin,
O toi qui fais mûrir tes fruits pour toute faim,
O mère aux larges seins, ô nourrice éternelle;

Devant l'homme qui vient, sans honte et sans remords,
Marquer de gibets noirs tes immensités claires,
Ne sens-tu pas gronder parfois d'âpres colères
Dans ton cœur pacifique où dorment tant de morts?

Non! ignorant le but de l'œuvre poursuivie,
Indifférente à tout, à la mort, à la vie,
Calme devant la joie et devant la douleur,

Tu vas, dans la foule inconsciente des astres,
Et rien de nous, ni nos gloires ni nos désastres,
Rien ne trouble le vide immense de ton cœur.

IV

O terre, fais des pourritures anciennes
Monter, tranquilles et puissants, les blés nouveaux,
Et fais germer dans le mystère des tombeaux
Les forces de la Mort que la Vie a fait siennes.

Absorbe la rosée et les soleils en feu,
Pour que le blé grandisse et que le blé se dore,
Et pour que tout subsiste et se propage encore
Sous les caresses ironiques du ciel bleu.

Tes calmes horizons répéteront sans fin
Le cri de la détresse et le cri de la faim;
O terre, tu seras l'éternelle géhenne!

Prépare cependant, au fil morne des jours,
Le pain qui nous nourrit et qui sera toujours
Le pain de la souffrance et le pain de la haine.

Devant la Mer

I

LA nuit tombe, une nuit tragique, sans lumières.
La mer enfle sa voix monotone, et j'entends,
Comme des coups heurtés à la porte du Temps,
L'infatigable bruit des vagues sur les pierres.

O mer où dorment tant de cadavres flottants,
O ciel où montent tant de cris et de prières,
Jetez votre ombre sur mon cœur et mes paupières;
Apportez-moi l'oubli suprême que j'attends!

O nuit, tragique nuit où mon rêve se noie,
Gueule d'ombre qui m'engloutis comme une proie,
O nuit, sauvage nuit, fais-toi plus noire encor !

Berce éternellement de ta pitié profonde
Ce vieil enfant né de la vieillesse d'un monde ;
Deviens pour lui le gouffre infini de la mort !

II

Ne plus aimer, ne plus pleurer, ne plus souffrir,
Ne plus rêver, ne plus espérer, ne plus croire;
Dormir sans fin dans l'ombre éternellement noire;
Ne plus traîner un mal impossible à guérir!

S'évanouir comme un reflet, s'évanouir
Comme une ombre, au courant de la vie illusoire;
S'effacer pour jamais de l'humaine mémoire;
N'être rien, n'être rien, pas même un souvenir!

Parmi les tourbillons du temps et de l'espace,
S'en aller, comme un grain de poussière qui passe,
Vers le néant vorace et vers l'oubli vainqueur...

Mourir, indifférent à tout ce qui demeure,
Ignorant à jamais que l'on vécut une heure,
Que l'on eut une chair et que l'on eut un cœur !

Le dernier Orgueil

Les Vaincus

Tes rugissements fous n'épouvantent personne.
Rugis, pourtant, lion, derrière tes barreaux,
Pour jeter ton mépris au front de tes bourreaux,
Et te griser de ta grande voix qui résonne.

Tu ne peux pas sortir de ta cage de fer,
Et chaque effort ne fait que rouvrir tes blessures.
Bondis, quand même, et couvre-toi de meurtrissures,
Pour l'âpre volupté de lécher ton sang clair !

Comme toi, nous savons que toute lutte est vaine,
Et que le bruit de notre plainte surhumaine
Ne fera pas céder le Destin tout-puissant.

Qu'importe ! nous crierons, jusqu'à l'heure suprême ;
Et, vaincus sans espoir, nous lutterons quand même,
Pour le plaisir de voir ruisseler notre sang.

La Pitié des Lions

Lₐ ville ardente haletait comme une bête.
Les Aigles, au-dessus des ors et des airains,
Balançaient follement leurs orgueils souverains.
C'était un rouge soir de triomphe et de fête.

Sur son cheval nerveux dont fument tous les crins,
César passait, haussant sa glorieuse tête.
Derrière lui, débris sanglants de la défaite,
Des captifs enchaînés marchaient, ployant les reins.

Les lions accroupis dans leurs geôles grillées
Ne baissèrent pas leurs prunelles ennuyées,
Lorsque passa l'Impérator prestigieux.

Mais devant les captifs traînés aux servitudes,
Devant le noir troupeau des vaincus anxieux,
Les grands lions inclinèrent leurs têtes rudes,

Et des pleurs longuement coulèrent de leurs yeux.

Morituri te salutant

Je ne veux pas de vos pitiés. Je ne veux pas,
Puisqu'un destin meilleur que l'homme me délivre,
Devoir à mes bourreaux la lâcheté de vivre;
Et, me sachant vaincu, je croiserai mes bras.

J'ai jeté sur le sol les tronçons de mon glaive.
Me voici, misérable et nu, comme un enfant.
Mais mon grand désespoir m'exalte et me défend;
Je sens battre à grands coups mon cœur qui se soulève.

8.

Vous pouvez me laisser égorger comme un chien.
O César tout-puissant, tu peux baisser le pouce;
La mort, qui te serait rude, me sera douce,
Car je n'ai plus d'orgueil et je n'espère rien.

Vos yeux peuvent scruter mon atroce agonie;
Vos mornes yeux jamais ne me verront trembler.
Mes cris d'angoisse, je saurai les refouler.
Ma misère rira de votre ignominie.

Je hausserai, sous les injures et les cris,
Mon front pâle luisant d'une calme insolence,
Et mieux encor que mes blasphèmes, mon silence
Vous éclaboussera de son large mépris.

J'exhalerai mon âme inutile d'esclave,
Sans implorer les dieux aussi lâches que vous,
Et je tomberai, mais sans ployer mes genoux,
Mon sang pourpre cachant les hontes de l'entrave.

Et, penché sur ma chair tranquille, mon vainqueur
Saura pour m'achever trouver la route sûre,
Car, mes mains entr'ouvrant les mailles de l'armure,
Je lui découvrirai la place de mon cœur !

La Fierté des Loups

I

LE piège t'a surpris dans sa gueule de fer,
Et tes os ont craqué comme des branches sèches.
Un flux rouge de sang a collé tes poils rêches.
Qui te délivrera, vieux loup, de cet enfer?

Emplissant de ses froids rayons tes yeux de braise,
L'aube pâle va naître entre les sapins noirs,
Et tu trembles, mordu de mille désespoirs,
Et tu sens plus aigu ton mal que rien n'apaise.

Fauve bandit qui sus allumer tant de haines,
Ce soir, tu t'en iras, captif, lié de chaînes,
Et les chiens te suivront de leurs lâches abois;

Et tu promèneras demain, sous les risées,
L'horreur de tes yeux morts et de tes dents brisées,
O roi terrifiant et sombre des grands bois!

II

Fuis ou meurs, ô vieux loup! Puisque tu ne peux pas
Desserrer le féroce étau qui te déchire;
Puisque ton sang s'épuise en ce lâche martyre,
Et puisque tu te sens, d'heure en heure, plus las;

Coupe d'un geste fou de tes rudes mâchoires,
Coupe ta chair déjà morte qui te retient;
Et, laissant dans les crocs de fer l'affreux lien,
Enfonce-toi sous la voûte des branches noires.

Traverse le buisson ; roule dans le ravin ;
Rampe sur ton moignon par les pentes sans fin ;
Fuis ! Nul œil ne verra ton atroce agonie.

La neige couvrira tes os, comme un linceul,
Et tu t'endormiras dans la joie infinie
Et l'orgueil de mourir inaccessible et seul.

III

Lorsque nous sentirons dans nos lourdes vertèbres
Courir le feu glacé des suprêmes frissons ;
Lorsque dans le mystère où nous nous enfonçons,
Nous percevrons l'approche heureuse des ténèbres ;

Contre le flot grondant des anciennes rancœurs
Sentant l'inanité des amours éphémères,
Pour coucher nos fronts las et nos lèvres amères
Nous chercherons d'autres refuges que des cœurs.

Loin des sanglots menteurs et des larmes forcées,
Loin de tant de pitiés bassement empressées,
Et de tant de douleurs si lentes à s'ouvrir,

Voulant connaître seuls notre honte dernière,
Comme toi, loup blessé qui fuis vers la tanière,
Comme toi, nous irons nous cacher pour mourir.

Les Chênes

O chênes noirs étreints par les vents furieux,
Impassibles vainqueurs des farouches tempêtes,
Calmes géants pour qui les luttes sont des fêtes,
Et qui bravez sans fin la colère des cieux !

Les aigles fatigués se posent sur vos têtes,
Et vous voyez passer sous vos bras glorieux
Le rampement peureux des hommes et des bêtes,
O chênes honorés jadis comme des dieux !

D'autres temps sont venus, et les guis fatidiques
Ne tombent plus sous les faucilles druidiques,
Mais vous êtes toujours les grands arbres sacrés ;

Une âme sainte vit sous votre rude écorce,
O chênes, vous l'orgueil, le dédain et la force,
Et votre ombre est propice aux cœurs désespérés.

Pour Antigone

I

ŒDIPE

Les dieux ont envié ton beau geste d'enfant,
O marcheuse aux pieds nus, ô divine Antigone !
Ton avril s'est penché vers mon stérile automne ;
Ta faiblesse, comme une égide, me défend.

Tout ce que j'ai perdu, ta pitié me le donne.
Je ne regrette pas mon sceptre décevant ;
Et mon cœur, pour l'amour de ton geste, pardonne
Aux dieux lâches murés dans le ciel triomphant.

Crispe plus fort tes doigts tièdes dans ma main rude.
Tes yeux ont éclairé ma noire solitude;
Mon silence s'emplit de ta tremblante voix.

Je ne suis plus, consolatrice qui m'enchantes,
L'Errant toujours silencieux, puisque tu chantes;
Je ne suis plus l'Aveugle, enfant, puisque tu vois!

II

REGARDE avec tes yeux d'enfant, toute la vie,
Et la douleur qui passe et le flot des regrets,
Et les vierges espoirs engloutis à jamais,
Et la Chimère ardente et toujours poursuivie.

L'eau glorieuse des larmes que tu pleurais
S'est changée en des joyaux d'or, petite amie;
Le repos est entré dans ton âme assouvie;
La douleur t'a livré ses éternels secrets.

L'amour est mort pour toi, car ton âme est savante.
Ne tente pas, enfant, l'épreuve décevante,
Car ton cœur replié ne peut s'ouvrir au jour ;

Mais écoute jaillir au dedans de toi-même,
Et verse à pleines mains, comme un baume suprême,
La divine pitié meilleure que l'amour.

III

LE POÈTE

Ma lèvre, follement, eût baisé la poussière
Qui souillait la pâleur blonde de tes pieds nus,
O gardienne tranquille et chaste aux doigts menus
Qui prodiguais sur tant de nuit tant de lumière.

La vie atroce en toi se mira tout entière,
Sans troubler la ferveur de tes yeux ingénus;
Pour conjurer l'horreur des destins inconnus,
Ton cri de pitié valait mieux qu'une prière.

Plus grande que les dieux qui firent la souffrance,
Tu fus, veuve à jamais de joie et d'espérance,
Celle qui fait sourire et qui fait espérer.

Serrant dans tes bras nus leurs images de pierre,
Tu cherchais un rayon d'amour sous leur paupière,
Et tu plaignais les dieux de ne pouvoir pleurer.

Le Don

HÉLÈNE A PALLAS

J'ai moulé sur mon sein de marbre qu'ont baisé
Tant de lèvres mélancoliques ou sereines
La coupe glorieuse aux courbes souveraines.
Un peu de ma chair vit parmi l'ambre irisé.

La beauté me fit reine entre toutes les reines.
La coupe transparente où mon cœur s'est posé
Garde pour leur désir toujours inapaisé
Le fruit d'amour tendu vers les lèvres humaines.

Reçois la coupe d'ambre, humble et fragile don,
Athénè, déesse de paix et de raison,
Verse en elle ton vin splendide, avec largesse...

Jusqu'aux derniers confins du temps illimité,
L'homme recherchera la coupe de beauté,
Pour y boire à longs traits l'éternelle sagesse.

L'éternelle Beauté

Nos fronts ne sont pas faits pour les viles couronnes
Que peut flétrir le geste implacable du Temps.
Les mièvres floraisons des fragiles printemps
Siéraient mal à nos chefs ridés par tant d'automnes.

Nous avons méprisé les lauriers attristants
Que la foule poursuit d'espérances bouffonnes.
Ils sont d'or, ô Beauté, les lauriers que tu donnes,
Et bravent les hivers et narguent les autans.

Plus forte que le Temps, plus forte que la tombe,
Tu restes, ô Beauté, debout, lorsque tout tombe...
Qu'importe que nos yeux fragiles aient pleuré ;

Car nous verrons changer en perles éternelles,
Les misérables pleurs de nos froides prunelles
Que ton soleil toucha de son rayon sacré.

*
* *

Linquenda tellus.

(HORACE)

O bois mystérieux, ô montagnes sacrées
Où nos rêves jadis faisaient vivre les dieux,
Voûte éternellement intangible des dieux,
Nuages, pareils à des nefs démesurées
Appareillant vers des lointains prestigieux;

Rouges soleils incendiant les hautes cimes,
Baisers d'or prodigués par les lèvres du soir,
Étoiles, yeux d'amour ouverts dans le ciel noir,
Lacs profonds reflétant les nuages sublimes,
Gouffres, frères géants de notre désespoir;

O rocs noirs qui trouez les cieux énigmatiques
Dans une ascension farouche, sans détours,
Pics aigus surplombant les villes et les tours,
O titans invaincus aux têtes granitiques
Que frôlent seulement les ailes des vautours;

O chênes qui serez nos demeures dernières
Et le suprême abri de notre inanité,
O tranquilles gardiens de nos vaines poussières,
Puissants comme l'airain et durs comme les pierres,
O chênes, vous la force et la sérénité;

O grands fleuves pareils à des serpents de flamme
Dans la rouge torpeur des midis embrasés,
Fleuves clairs qui coulez dans un bruit de baisers
Sous la caresse de l'aurore qui se pâme,
Fleuves, serpents d'azur aux reflets irisés;

Et toi, sublime mer aux farouches tempêtes,
Qui sais tuer parfois, mais berces plus souvent,
O mer qui parles dans la voix folle du vent
Et jettes sur le gouffre où sombrent nos défaites
Les plis harmonieux de ton linceul mouvant;

O vous, frères puissants de l'homme dérisoire,
Qui pouvez consoler, mais ne pouvez guérir,
O vous qui ne savez ni rêver ni souffrir,
Et protégez notre néant de votre gloire,
Nous vous regretterons quand il faudra mourir !

L'Aigle captif

Sur le perchoir honteux qu'étreint ta rude serre,
Tu trônes, impassible et grave comme un roi,
Et tu portes bien haut, et tu portes bien droit,
Ton vieux chef déplumé, rouge comme un ulcère.

Bandit des vastes cieux, magnifique corsaire,
Les destins t'ont muré sous un grillage étroit,
Mais nos lâches pitiés se taisent devant toi,
Car tu restes plus grand que ta grande misère.

Tu regardes passer d’un œil indifférent
L’homme, stupide esclave et stupide tyran.
Tu ne peux pas haïr, toi qui ne sais pas craindre...

Et l’or de ton regard implacable qui luit
Ne reflète jamais de souffrance ou d’ennui,
Car ton cœur héroïque est trop fier pour se plaindre !

Paris, mars 1907.

Vers la Lutte

Lutte encore, ô toi qui connais tant de défaites,
O vaincu d'aujourd'hui qui le seras demain !
Lutte encor, toi qui sais que tout espoir est vain,
Et qui vois le néant dont les gloires sont faites.

Il faut lutter sans trêve, il faut lutter toujours,
Et l'esclave doit être un éternel rebelle.
Seul l'effort est puissant; seule la lutte est belle,
Et peut tuer l'ennui formidable des jours.

Il est beau de tomber, la main sur sa blessure,
D'écarter sans regret, comme une flétrissure,
Le remède honteux qui pourrait vous guérir;

De briser à jamais sa dernière espérance,
De se sentir plus grand que sa lâche souffrance,
Et d'être mort à tout, au moment de mourir.

TABLE

TABLE

LE DERNIER ORGUEIL

Achevé d'imprimer

le vingt-cinq mars mil neuf cent huit

PAR

ALPHONSE LEMERRE

6, RUE DES BERGERS

A PARIS

O. — 4720.

POÈTES CONTEMPORAINS

Volumes in-18 jésus. — Chaque volume : 3 fr.

I. R.-G.	*Les Langueurs charmées*	1 vol.
—	*Le Cœur en Larmes*	1 vol.
HENRI ROUGER	*Le Jardin secret*	1 vol.
—	*La Retraite fleurie*	1 vol.
AMÉDÉE ROUQUÈS	*L'Aube juvénile*	1 vol.
MAXIME ROUSSEAU	*Le Netzer*	1 vol.
A. SAGERET	*Le Jardin mystique*	1 vol.
ÉDOUARD SCHIFFMACHER	*Job*	1 vol.
PAUL SEURE	*Au Gré du Vent*	1 vol.
SILVAIN	*Mon Carnet*	1 vol.
EDMOND SIVIEUDE	*Du Cœur aux Lèvres*	1 vol.
ESTHER DE SUZE	*Collier d'Ambre*	1 vol.
JACQUES J. TABET	*Rires et Sanglots*	1 vol.
ANDRÉ THEURIET	*Jardin d'Automne*	1 vol.
JEAN THOMAS	*Les Heures bleues*	1 vol.
ÉMILE TROLLIET	*La Route fraternelle*	1 vol.
CHARLES TROUFLEAU	*Vers*	1 vol.
ANTONY VALABRÈGUE	*La Chanson de l'Hiver*	1 vol.
—	*L'Amour des Bois et des Champs*	1 vol.
MARIE DE VALANDRÉ	*Le Livre de l'Épousée*	1 vol.
MICHEL VASSON	*Vers l'Oubli*	1 vol.
—	*Les Festins de la Mort*	1 vol.
—	*Le Cri du Néant*	1 vol.
VÉGA	*Légendes et Chansons*	1 vol.
—	*Le Jardin des Hespérides*	1 vol.
—	*L'Ombre des Oliviers*	1 vol.
GABRIEL VICAIRE	*Le Miracle de Saint Nicolas*	1 vol.
—	*L'Heure enchantée*	1 vol.
—	*A la bonne franquette*	1 vol.
—	*Au Bois Joli*	1 vol.
—	*Le Clos des Fées*	1 vol.
JACQUES DE VILADE	*L'Islam*	1 vol.
LUCIEN VILLENEUVE	*L'Amour et l'Art*	1 vol.
—	*Les Dieux*	1 vol.
J. DE VILLEURS	*Songes bleus*	1 vol.
—	*Soleil d'Afrique*	1 vol.
CLAIRE VIRENQUE	*L'Enclos du Rêve*	1 vol.
GRACE WOODWARD	*Flocons de Rêve*	1 vol.

Paris. — Imp. A. LEMERRE, 6, rue des Bergers. — o.-4720.